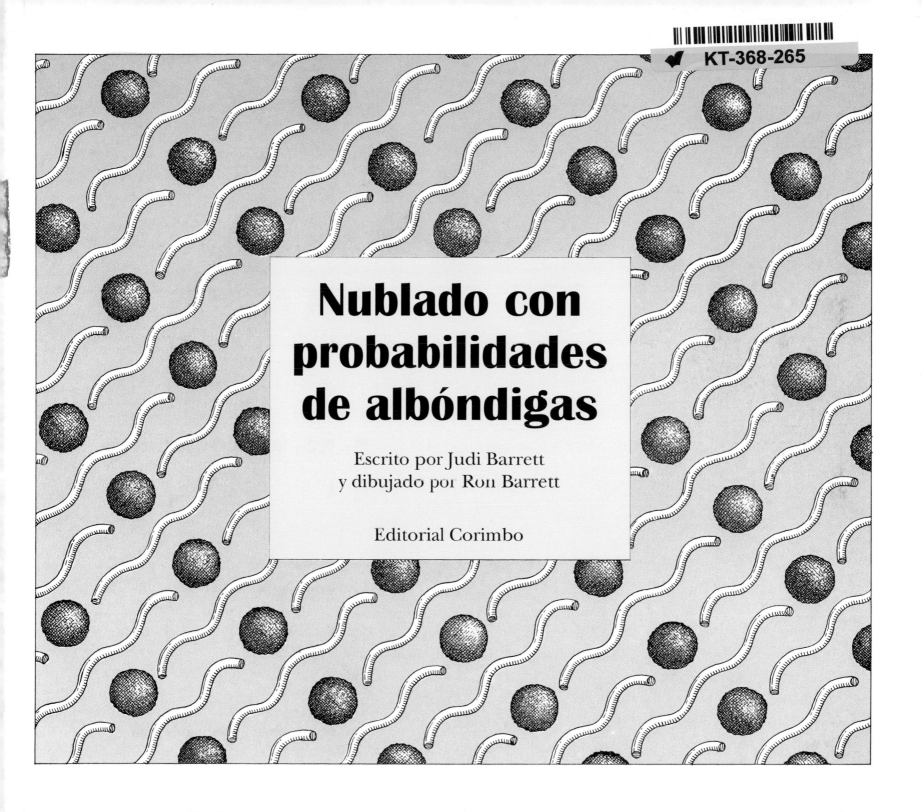

Nublado con probabilidades de albóndigas

Escrito por Judi Barrett
y dibujado por Ron Barrett

Editorial Corimbo

Título de la edición original: *Cloudy With A Chance Of Meatballs*
Copyright del texto: 1978 Judi Barrett
Copyright de las ilustraciones: 1978 Ron Barrett
Publicado de acuerdo con Aladdin Books For Young Readers
Un sello de la editorial Simon & Schuster Children's Publising División
1230 Avda. de las Américas, Nueva York, NY 10020
© 2012, Editorial Corimbo por la edición en español
Avda. Pla del Vent 56, 08970 Sant Joan Despí, Barcelona
e-mail: corimbo@corimbo.es
www.corimbo.es
Traducción al español de Macarena Salas
1ª edición abril 2012
Impreso en China
ISBN: 978-84-8470-447-8

Estábamos sentados a la mesa grande de la cocina. Era sábado por la mañana. Día de tortitas. Mamá exprimía el jugo de unas naranjas. Henry y yo apostábamos a ver cuántas tortitas nos íbamos a comer. Y el abuelo las lanzaba al aire.

Cuando nos dimos cuenta de que el objeto volador era una tortita, todos empezamos a reír, hasta el abuelo. El desayuno continuó sin mayor novedad. El resto de las tortitas aterrizaron en la sartén. Nos las comimos todas, incluso la que cayó encima de Henry.

Esa noche, inspirado por el incidente del desayuno, el abuelo nos contó la mejor historia que jamás nos había contado.
«Más allá del océano, tras un montón de montañas escarpadas, pasados tres desiertos calurosos y un océano un poco más pequeño…

... se encontraba el pequeño pueblo de Tragaycome.

Era un pueblo como otro cualquiera. Tenía una calle principal rodeada de tiendas, casas con árboles y jardines alrededor, una escuela, unos trescientos habitantes y algún que otro perro y gato.

Pero en el pueblo de Tragaycome no había tiendas de comida. No las necesitaban. El cielo les proporcionaba toda la comida que querían.

Lo único que era realmente diferente en Tragaycome era el tiempo. Cambiaba tres veces al día, durante el desayuno, el almuerzo y la cena. Todo lo que comía la gente caía del cielo.

La gente comía lo que traía el tiempo. Allí nunca llovía lluvia. Nunca nevaba nieve. Y el viento nunca soplaba así, sin más. Llovían cosas como sopa y jugo. Y nevaba puré de patatas y guisantes. Y a veces el viento traía grandes vendavales de hamburguesas.

Por la mañana, la gente podía ver el pronóstico del tiempo en la televisión e incluso podía saber qué comida caería al día siguiente.

Cuando los habitantes del pueblo salían a la calle, llevaban consigo platos, tazas, vasos, tenedores, cucharas, cuchillos y servilletas. Así siempre estaban preparados para cualquier tipo de tiempo. Si sobraba comida, lo que pasaba con frecuencia, la gente se la llevaba a su casa y la guardaba en la nevera por si les entraba hambre entre horas.

Los menús variaban. Cuando se despertaban por la mañana, ya estaba cayendo el desayuno. Después de una pequeña lluvia de jugo de naranja, llegaban unas nubes bajas de huevos fritos seguidos de tostadas. La mantequilla y la mermelada lloviznaban sobre las tostadas. Y después, casi siempre, había precipitaciones de leche.

A la hora del almuerzo, las salchichas, metidas ya en el pan, soplaban desde el noroeste a unos diez kilómetros por hora.

Iban seguidas de nubes de mostaza. Después, el viento soplaba hacia el este y traía habas.

Una llovizna de refresco completaba la comida.

Por la noche, la cena podía consistir en chuletas de cordero con fuertes precipitaciones ocasionales de ketchup; seguidas de chubascos de guisantes y patatas al horno, y claros con gelatina soleada por el oeste.

El Departamento de Sanidad de Tragaycome tenía un cometido un tanto inusual para un departamento de sanidad. Tenía que recoger la comida que caía en las casas, aceras y jardines. Después de cada comida, los trabajadores lo recogían todo para alimentar a los perros y los gatos. Después tiraban al mar una parte de lo que sobraba para que se lo comieran los peces, las tortugas y las ballenas. El resto de la comida la usaban para abonar la tierra de los jardines de la gente.

Un día, lo único que cayó fue queso gorgonzola durante todo el día.

Al día siguiente sólo cayó brócoli demasiado cocinado.

Y al día siguiente cayeron coles de Bruselas y mantequilla de cacahuete con mayonesa.

Otro día hubo niebla de sopa de guisantes. La gente no podía ver por dónde iba y le costaba mucho trabajo encontrar el resto de la comida que se había quedado enganchada en la niebla.

La comida era cada vez más grande y las porciones también. La gente empezaba a asustarse. Con frecuencia caían grandes tormentas. Estaban sucediendo cosas horribles. Un martes hubo un huracán de hogazas y panecillos que duró todo el día, hasta la noche. Cayeron panes duros y blandos, algunos con semillas y otros sin ellas. Cayó pan blanco y de centeno, y tostadas de pan integral. Los panes eran mucho más grandes que los que habían visto nunca. Fue un día horrible. Todo el mundo se tuvo que quedar en casa. Se dañaron los tejados y el Departamento de Sanidad no podía con todo el trabajo. Los trabajadores tardaron cuatro días en limpiarlo todo y el mar se llenó de hogazas de pan.

Para ayudar, la gente apiló todo el pan que pudo en sus jardines. Los pájaros se comieron algo, pero la mayoría se quedó allí y se puso cada vez más duro.

Otro día, en el almuerzo, hubo acumulaciones de treinta centímetros de sándwiches de queso crema con mermelada. Comieron hasta terminar con dolor de barriga.

También hubo huracanes de sal y pimienta, acompañados de un tornado de tomate más peligroso aún. Todos estornudaban sin parar y corrían para esquivar los tomates. El pueblo quedó hecho un desastre. Había semillas y pulpa por todas partes.

El Departamento de Sanidad tuvo que cerrar. Era demasiado trabajo. Todo el mundo temía por sus vidas. Apenas se podía salir a la calle. Muchas casas habían sido dañadas por albóndigas gigantes. Cerraron las tiendas con tablones y los niños dejaron de ir a la escuela.

Por fin llegaron a la conclusión de que había que abandonar el pueblo de Tragaycome.
Era un asunto de vida o muerte.

La gente pegó trozos gigantes de pan de sándwich con manteca de cacahuete...

...cogieron sus pertenencias más indispensables y salieron a la mar en busca de una nueva tierra.

Tras navegar una semana, llegaron a un pueblecito costero que les dio la bienvenida. El pan había aguantado sorprendentemente bien, lo suficiente como para que lo pudieran usar de nuevo y construir casas provisionales.

Los niños volvieron a ir a la escuela mientras los adultos intentaban buscar su propio lugar en esta nueva tierra. Lo que más les costó a todos fue acostumbrarse a comprar comida en el supermercado. Les parecía muy raro que la comida se almacenara en los estantes y estuviera envasada en cajas, latas y botellas. La carne para cocinar había que guardarla en unas neveras grandes. Del cielo no caía más que lluvia y nieve. Las nubes no estaban hechas de huevos fritos. A nadie le volvió a caer una hamburguesa encima.

Y nadie se atrevió a volver a Tragaycome para ver qué había pasado con el pueblo. Tenían demasiado miedo.»

Henry y yo nos quedamos despiertos hasta que el abuelo terminó el cuento. Recuerdo que me dio un beso de buenas noches.

A la mañana siguiente nos despertamos y vimos por la ventana que estaba nevando.

Corrimos escaleras abajo para desayunar y acabamos un poco más rápido de lo normal para ir a montar en trineo con el abuelo.

Era muy divertido, pero mientras bajábamos en trineo por la colina, nos pareció ver una inmensa bola de mantequilla en la cima y casi podíamos oler el puré de patatas.

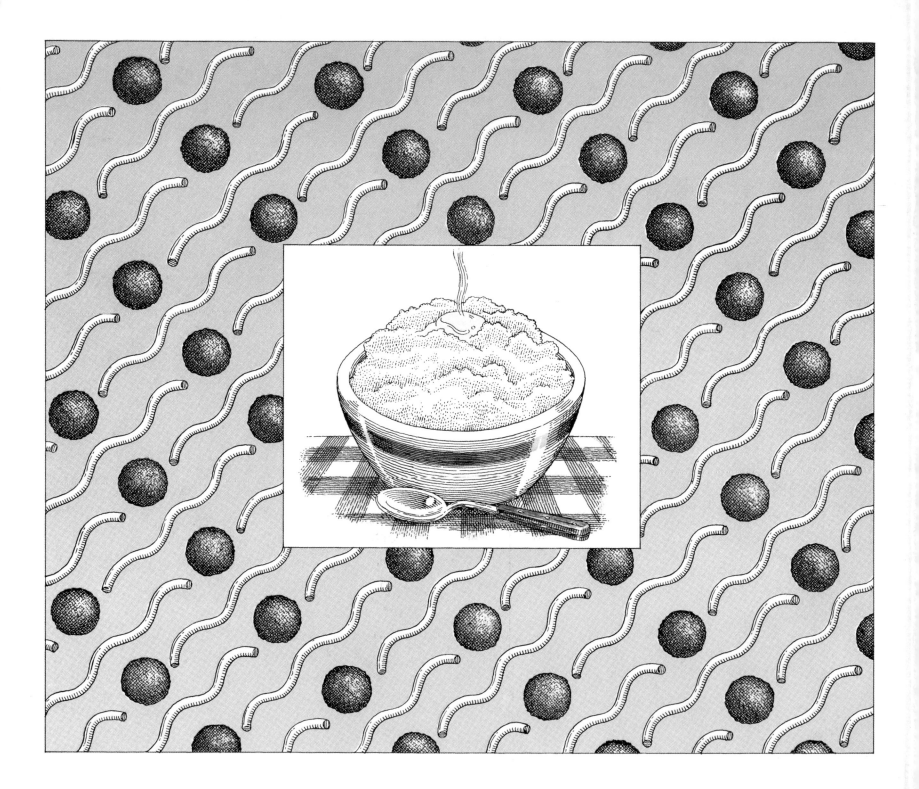